花鸟物语

美月冷霜　著

第二辑

中国财富出版社有限公司

图书在版编目（CIP）数据

花鸟物语 . 第二辑 / 美月冷霜著 . —北京：中国财富出版社有限公司，2022.10

ISBN 978-7-5047-7789-8

Ⅰ. ①花… Ⅱ. ①美… Ⅲ. ①诗集—中国—当代 Ⅳ. ① I227

中国版本图书馆 CIP 数据核字（2022）第 193375 号

策划编辑	朱亚宁	**责任编辑**	孙　勃	**版权编辑**	李　洋
责任印制	尚立业	**责任校对**	张营营	**责任发行**	杨恩磊

出版发行	中国财富出版社有限公司		
社　　址	北京市丰台区南四环西路 188 号 5 区 20 楼	**邮政编码**	100070
电　　话	010-52227588 转 2098（发行部）		010-52227588 转 321（总编室）
	010-52227566（24 小时读者服务）		010-52227588 转 305（质检部）
网　　址	http://www.cfpress.com.cn	**排　　版**	北京琦字文化传播有限公司
经　　销	新华书店	**印　　刷**	番茄云印刷（沧州）有限公司
书　　号	ISBN 978-7-5047-7789-8/I・0350		
开　　本	710mm×1000mm　1/16	**版　　次**	2023 年 1 月第 1 版
印　　张	38.75	**印　　次**	2023 年 1 月第 1 次印刷
字　　数	521 千字	**定　　价**	98.00 元（全 5 册）

诗人的话

我把诗意种在大地上，叶子碧绿，花朵芬芳。

我邀诗意在枝头成长，果实丰硕，鸟儿歌唱。

我将诗意化成万千阳光，照耀万物，春风荡漾。

我渴望诗意之水尽情流淌，让星河的诗行滚烫之后，

再冷却下来奔向远乡，奔向远方，奔向远方……

春心只离盈尺远
秋水却隔万重山
蛇鞭菊开若相见
随风而去不回还

视觉盛宴效果好
神秘引力热度高
日落美景最微妙
晚霞撩拨鼠尾草

花如蓝色满天星
只有一朵最长情
春风缠绕心不动
勿忘草缘期待中

比红比绿比优雅
试高试低试当家
如此神韵无从画
美煞当今夕雾花

序言

大自然中有植物，也有动物，科学探索从大自然开始。牛顿观察到苹果落地现象，并由此发现了万有引力。后来牛顿成为举世闻名的物理学家。大自然的奥妙同样吸引着另一位科学巨人，18岁的爱因斯坦看到一只失明的甲虫，稳稳当当地在弯曲的树枝上爬行，就此发现了引力会使光线弯曲的原理，进而预言恒星与太阳的强引力场会导致光线行进轨迹发生偏转。由一束光开始研究，爱因斯坦创立了相对论，并用此理论成功证实：无论是宇宙天体还是世界万物的无穷无尽，均为相对而言。到底是谁成就了伟大的物理学家呢？答案就是大自然，世界上的很多探索之旅都从大自然开始。

大自然可以让种子发芽，并成就新的生命。作者希望透过花鸟物语系列抛砖引玉，让更多人关注大自然，进入大自然中，并分享诗意生活。什么才叫诗意生活？首先，试着学会观察大自然的和谐之处：每一只小鸟，每一朵小花，每一片云彩都可能与我们一见如故。人们一旦关注大自然，投身大自然，融入大自然，内心就会变得更富足，眼神会变得更清澈，语言会变得更优美，知识会变得更广博，生命从此会变得更有意义。

同理，人体健康与大自然也有着不可分割的关系，我们的衣食住行无不源于大自然。早年，也许人们不曾知道广东有什么特色，自从有了荔枝，广东的特色水果就此广为人知；也许人们不曾知道海南有什么特产，自从有了椰子，海南的特色水果就此广为人知；也许人们不曾知道新疆有什么美味，自从有了吐鲁番葡萄，新疆的特色水果就此广为人知；也许人们不曾知道西藏有什么水果，自从有了黑钻苹果，西藏的特色水果就此广为人知；也许人们不曾知道山东什么水果最出名，自从有了烟台苹果，山东的特色水果就此广为人知；也许人们不曾知道河北有什么宝藏水果，自从有了雪花梨，河北的特色水果就此广为人知；也许人们不曾知道浙江有什么水果，自从有了杨梅，浙江的特色水果就此广为人知；也许人们不曾知道安徽有什么特产，自从有了砀山梨，安徽的特色水果就此广为人知。让产地出名的水果还有内蒙古的河套蜜瓜，江苏的阳山蜜桃，天津的鸭梨，河南的汴梁西瓜，山西的万荣苹果，江西的赣南脐橙，广西的百香果，湖南的永兴冰糖橙。中国有名的果品还有很多很多，恕不一一列举。每每提起这些好吃的东西，人们自然而然就会联想起产地，说起产地的生态环境、人文风情和历史文化，这个地方也就伴随着特产而让人耳熟能详。几乎所有优秀物种都是大自然的恩赐，保护生态环境，热爱大自然，让大自然保持永恒活力，是我们每一个人的责任和义务。在探索大自然的同时，我们也将拥有诗意满满的美好生活。

谨将此书献给全世界每一位热爱大自然的人。

目录 contents

H

黄芩 / 2
茴香 / 3
火棘 / 4

J

荠 / 5
蓟 / 6
姜 / 7
豇豆 / 8
角蒿 / 9
金柑 / 10
金鱼吊兰 / 11
金嘴蝎尾蕉 / 12
锦绣苋 / 13
九里香 / 14
榉树 / 15

K

咖啡黄葵 / 16

苦瓜 / 17

L

腊肠树 / 18
辣椒 / 19
狼杷草 / 20
藜芦 / 21
荔枝草 / 22
栗 / 23
楝 / 24
凉粉草 / 25
裂叶荆芥 / 26
流苏树 / 27
柳叶香彩雀 / 28
漏芦 / 29
陆地棉 / 30
鹿蹄草 / 31
罗布麻 / 32
罗勒 / 33
萝卜 / 34
络石 / 35
落花生 / 36
落新妇 / 37
驴蹄草 / 38
绿豆 / 39

M

马鞭草 / 40
马爬瓜 / 41
马利筋 / 42
马铃薯 / 43
麦仙翁 / 44
蔓荆 / 45
杧果 / 46
美丽胡枝子 / 47
迷迭香 / 48
密花豆 / 49
木油桐 / 50

N
南瓜 / 51
牛角瓜 / 52
牛膝 / 53
O
欧石南 / 54
P
胖大海 / 55
佩兰 / 56
瓶子草 / 57
Q
牵牛 / 58
芡 / 59
茜草 / 60
荞麦 / 61
雀麦 / 62
秦艽 / 63
青黛 / 64
青甘杨 / 65
瞿麦 / 66
R
肉苁蓉 / 67
S
三花莸 / 68
三七 / 69
三叶木通 / 70
散尾葵 / 71
桑 / 72
沙参 / 73
砂仁 / 74
山麻杆 / 75
山木兰 / 76
珊瑚樱 / 77
商陆 / 78
蛇鞭菊 / 79
肾茶 / 80

肾形草 / 81
蓍 / 82
十万错 / 83
石龙芮 / 84
石楠 / 85
手参 / 86
绶草 / 87
薯蓣 / 88
水葱 / 89
水蓼 / 90
水石榕 / 91
水苏 / 92
丝瓜 / 93
丝毛飞廉 / 94
松蒿 / 95
溲疏 / 96
苏木 / 97
苏铁 / 98
酸豆 / 99
酸枣 / 100
蒜 / 101

T

昙花 / 102
檀香 / 103
糖胶树 / 104

七言话花鸟

黄芩
huáng qín

xī fēng lè yú juǎn bái yún，huáng qín liú zhuǎn yàn cǎo xīn。
西风乐于卷白云，黄芩流转燕草新。
shāi jīn yáng guāng sǎ bù jìn，dà dì hé chù wú zhī yīn。
筛金阳光洒不尽，大地何处无知音。

黄芩，别名：黄文、印头、山茶根、土金茶根。唇形科，黄芩属，多年生草本。产于中国，世界各地均有分布。中国主产地为山东、陕西、云南等地区。黄芩细茎紫红色，叶片碧绿，花朵蓝紫色，盛开时宛如童话里的小花仙子，唯美、优雅、浪漫。黄芩根茎为有名的传统中药材，具有清热解毒、抗菌消炎等功效。物语：无私奉献，暖意弥漫。

huí xiāng

茴香

huī huáng xū cóng yǎng mù qǐ jìng wèi fāng xiǎn yǒu fǎ lǐ

辉煌须从仰慕起，敬畏方显有法理。

huí xiāng zhì chéng tiáo wèi jì qū fēng yào lǐ zhàn shǒu xí

茴香制成调味剂，驱风药里占首席。

茴香，别名：谷茴、山茴香、小茴香、茴香子。伞形科，茴香属，草本。原产于地中海，中国早期引种栽培，历史悠久。茴香用途广泛，嫩茎叶叫茴香苗，为日常蔬菜，经常用来制作食物馅料。茴香籽为调味香料，多用于制作各种荤菜佳肴。茴香籽能够驱风除湿，具有养胃暖胃、祛除口腔异味等功效。物语：出门见山，心静则闲。

火棘

三月春闹皎洁天，火棘深恐扰人眠。
谁料风来吹个遍，吹得雪花红了脸。

火棘，别名：吉祥果、赤阳子、火把果、救命粮、救军粮。蔷薇科，火棘属，常绿灌木，北方各地区均有分布。火棘植株美观大方，具有极高观赏价值。早春三月，火棘绿叶婆娑，绽放出洁白无瑕的美丽小花，枝头花团锦簇。火棘叶子晒干后可以泡水饮用，具有清热解毒等功效。深红色或桔黄色火棘果实可加工食用。物语：个小功高，健康保镖。

jì
荠

yǐn yuē jì de duō nián qián, jì cài céng shì dì tóu xiān
隐约记得多年前，荠菜曾是地头鲜。

yǔ chūn jié yuán bù gāi sàn, rú jīn jiàn miàn nán shàng nán
与春结缘不该散，如今见面难上难。

荠，别名：芥、荠菜、菱角菜、地母菜、香善菜、只只菜、蒫菜、地米菜。十字花科，荠属，一年或二年生草本。全世界温带地区广泛分布，中国多个地区有野生种。花果期4—6月。荠贴地而生，呈莲花状，叶子浓绿色，味道清香四溢，开簇生白色小花。茎叶可制蔬菜。全草入药，具有明目消积等功效。物语：清浅时光，初春模样。

jì
蓟

shèng xià liè rì rú huǒ shí，dà jì huā kāi hé huān sī。
盛夏烈日如火时，大蓟花开合欢丝。
bù céng qīn zhàn zhuāng jia dì，rú jīn yǒu le yào jià zhí。
不曾侵占庄稼地，如今有了药价值。

蓟，别名：大蓟、大红花、大刺儿菜、大刺盖、老虎月脷、山萝卜。菊科、蓟属，多年生草本。产于中国南北方各地区，世界各地均有分布。花果期4—11月。蓟花是苏格兰国花。为中国乡村最常见的典型乡村野草，块根萝卜状，茎直立，叶子布满尖刺。蓟为传统中药材，具有凉血止血、散瘀消肿等功效。物语：科技进步，野草开悟。

jiāng 姜

bā qiān xīng luò cháng jiāng shuǐ， jiǔ qū huáng hé yú zhèng féi

八千星落长江水，九曲黄河鱼正肥。

qiū fēng bù dí jiāng zī wèi， gù lìng chūn huí xiāng zhuàng fēi

秋风不敌姜滋味，故令春回相撞飞。

姜，别名：生姜、白姜、干姜。姜科，姜属，多年生草本。广泛分布于亚洲各个地区，中国自西汉时期已经开始栽培种植生姜，历史悠久，全国广泛分布。山东莱芜市的生姜最为有名。植株如同绿色的小竹子挺拔好看，地下块茎为生姜，主要用于食品调味或者制作副食品姜糖。姜药用，可驱寒暖胃。物语：高汤美食，护卫加持。

jiāng dòu
豇豆

tián yě lǜ làng bào xié yáng　jiāng dòu fēng yíng yáo yuè guāng
田野绿浪抱斜阳，豇豆丰盈摇月光。

liǎng liǎng xiāng duì gāo shù zhàng　tuō qǐ cuò luò yǒu zhì xiāng
两两相对高数丈，托起错落有致香。

豇豆，别名：长豇豆、豆角、红豆。豆科，豇豆属，一年生缠绕、草质藤本或近直立草本。可能原产于热带非洲和热带亚洲，中国栽培历史悠久，各地区种植广泛。新鲜豇豆能够促进胰岛素分泌，加速糖代谢，为很好的营养保健蔬菜。豇豆的嫩豆荚和豆粒味道鲜美，食用方法多种多样，可炒食，也可凉拌。物语：热爱蔬菜，与己无害。

jiǎo hāo
角蒿

huáng hūn jiǎo hāo dú níng shén fēng zhì shēn biān lái tàn qīn
黄昏角蒿独凝神，风至身边来探亲。
luò huā bù wèi liú shuǐ jìn chī qíng fù yǔ tiān biān rén
落花不为流水尽，痴情付与天边人。

角蒿，别名：萝蒿、羊角蒿、羊角透骨草、莪蒿、大一枝蒿、冰耘草。紫葳科，角蒿属，一年生至多年生草本。产于中国且分布区域广泛。花期5—9月，果期10—11月。角蒿植株非同凡响，叶子非常优雅美感十足，钟状花朵粉红色极为美丽，很有观赏价值。干燥全草为传统中药材，可治疗跌打损伤、风湿痹痛等症。物语：田野疏影，与月同明。

jīn gān
金柑

shuǐ jīng bǎo bǎo xuě huā fáng zhǎng dà chuān jiàn huáng yī shang
水晶宝宝雪花房，长大穿件黄衣裳。

bù gāo bù ǎi yuē sān zhàng zhàng liáng tiān xià jīn jú xiāng
不高不矮约三丈，丈量天下金橘香。

金柑，别名：金橘、金枣、山金豆。芸香科，金橘属，灌木，最高可达3米。产于中国亚热带地区。广东多将金柑矮化后栽培成市场上的年花，在春节期间上市寓意大吉大利，观赏之余还可以食用。金柑为岭南当地的时令水果，全国市场都有，鲜食或者加工成盐橘，泡水喝具有润肺止咳、消食醒酒等功效。物语：圆中有强，强中要香。

jīn yú diào lán
金鱼吊兰

sì jì guò dù fēng yún zhī， bù fù suì yuè bù fù jǐ
四季过渡风云知，不负岁月不负己。
jīn yú diào lán bù kè qi， xuān gào dà dù shèng tiān shí
金鱼吊兰不客气，宣告大度胜天时。

金鱼吊兰。苦苣苔科，袋鼠花属，多年生草本，基部半木质。原产于哥斯达黎加和巴拿马，中国引进栽培观赏。金鱼吊兰植株美感十足，矮化型可以制作优雅盆景，其叶片精致油绿极为好看。盛开时，金灿灿的花朵像一个个小金鱼，张开小小的嘴巴，模样可爱。金鱼吊兰是时下流行的一种花叶共赏植物，观赏价值很高。物语：肚子空空，吸海纳虹。

jīn zuǐ xiē wěi jiāo
金嘴蝎尾蕉

yǔ zhòu shén mì wú xiàn hǎo, sòng chū jīn zuǐ xiē wěi jiāo.
宇宙神秘无限好，送出金嘴蝎尾蕉。

měi de tiān dì dōu bù yào, xiàn shàng xiàn xià shì lǐng pǎo.
美得天地都不要，线上线下试领跑。

金嘴蝎尾蕉，别名：金鸟赫蕉、垂花赫蕉。蝎尾蕉科，蝎尾蕉属，多年生常绿草本，高可达2.5米。分布于秘鲁等地区，中国亚热带及多地引进栽培观赏。花期夏秋季。金嘴蝎尾蕉喜温暖、湿润的环境，不耐寒、忌干燥。金嘴蝎尾蕉植株叶子都形同香蕉，威风挺拔。花色艳丽形状奇特，形似小鸟展翅欲飞。物语：神造之物，朱雀如许。

jǐn xiù xiàn
锦绣苋

yōu yōu hóng yè fēng chuī xiǎng　liǎng liǎng xiāng sī zěn dǎ yàng
悠悠红叶风吹响，两两相思怎打烊。
xiāo jìn wú shēng yuè chū shàng　wǔ sè cǎo huā dài kāi zhāng
宵禁无声月初上，五色草花待开张。

锦绣苋，别名：红草、五色草。苋科，莲子草属，多年生草本。原产于巴西，广泛分布于热带及亚热带地区，中国各地区均有栽培。锦绣苋适应力强，不择土壤。锦绣苋叶子灿烂夺目，色彩缤纷，耐修剪，因此成为很受欢迎的绿化植物。锦绣苋嫩叶芽可以焯水后食用。全草入药，具有清热解毒等功效。

物语：叶上彩蛋，欲碎还圆。

jiǔ lǐ xiāng
九里香

tiān dì měi jǐng yún bù kāi, qiān lǐ xiāng huā pū miàn lái
天地美景匀不开，千里香花扑面来。
chūn hóng qiū lǜ ruò bù zài, xiù dào míng nián zài jiǎn cái
春红秋绿若不在，秀到明年再剪裁。

九里香，别名：黄金桂、千里香。芸香科，九里香属，小乔木，高可达8米。产于中国台湾、福建、广东、海南等地区，分布于亚热带国家。九里香叶子翠绿，春季开花时恰如“漫天飞雪映日来，浓香飘流万里外”。花期4—8月，也有秋后开花，果期9—12月。九里香主要为卤水芳香调味料，味道独特。其枝叶根均可入药。物语：雪花盛开，香飘天外。

榉树

hū jiàn sī zì sì gè kǒu, wěn wěn dāng dāng zuò xīn tóu

忽见思字四个口，稳稳当当坐心头。

jǔ shù zì cǔn zhī zhèng yòu, qià dào hǎo chù zài chū shǒu

榉树自忖枝正幼，恰到好处再出手。

榉树，别名：榉木、小叶榉。榆科，榉属，乔木，最高可达30米。原产于中国及周边国家。林业流行“一榉成名天下知”的广告语，说榉树集观赏、生态、文化、经济价值于一身，夏季树姿美观枝叶翠绿为城市遮风挡雨，秋季叶子变成褐红色十分壮观漂亮，还可净化空气。榉树皮和叶子为中药材，具有清热解毒等功效。物语：敢于畅想，性格豪放。

咖啡黄葵

kā fēi huáng kuí

yuè gōng yù rén yǐ lán gān jìn shǎng dāng lí sān bù yuǎn
月宫玉人倚栏杆，近赏当离三步远。
qiū kuí huā kāi bù càn làn què yīn dì sè shèng tiān xiān
秋葵花开不灿烂，却因帝色胜天仙。

咖啡黄葵，别名：黄秋葵、羊角豆、洋绿豆、羊角头。锦葵科，秋葵属，一年生草本，高可达2米。原产于印度，分布于热带和亚热带地区，中国河北、山东、江苏、浙江、湖南、云南等省引进栽培种植。花期5—9月。咖啡黄葵花呈淡黄色或白色，极为美丽。种子有小毒，但经高温处理后可供食用或供工业用。物语：夏花夏果，功劳多多。

苦瓜

天下何处无风雨，轻狂岁月正成熟。
苦瓜花开梦幻路，执手偕老最幸福。

苦瓜，别名：癞葡萄、癞瓜、凉瓜、锦荔枝。葫芦科，苦瓜属，一年生攀援状柔弱草本。广泛栽培于世界热带到温带地区，中国南北方均普遍栽培，历史悠久，各地广泛种植。花果期5—10月。叶子翠绿色，藤长达数米，开鲜黄色花朵，秀气别致，具有淡淡香味。南方四季开花结果，花和果实均为健康食品。物语：锦瑟年华，源自盛夏。

腊肠树
là cháng shù

dà dì cuī shēng huáng jīn yǔ zhī tóu chūn yì duī dié chū
大地催生黄金雨，枝头春意堆叠出。
jí mù yún zhōng là cháng shù qiān tiáo wàn tiáo zhào tiān wǔ
极目云中腊肠树，千条万条照天舞。

腊肠树，别名：神黄豆、牛角树。豆科，决明属，落叶小乔木或中等乔木，高可达15米。原产于印度、缅甸及斯里兰卡，中国南方广泛栽培，种植历史悠久。花期6—8月，果期10月。腊肠树树型美观高挑，枝条柔软下垂叶子碧绿，开金黄色小花朵，就如同小蝴蝶悬挂于枝头，欲飞不飞，极为美丽壮观。树皮含有丹宁可做染料或药用。物语：人心不古，仁者致富。

辣椒
là jiāo

hóng yún lǜ xuān tiān xià qí, hán xiū chǔ chǔ shèng xī shī
红云绿轩天下奇，含羞楚楚胜西施。

yāo yàn là zi shuí dé sì, yǎo shàng yī kǒu jiù zháo mí
妖艳辣子谁得似，咬上一口就着迷。

辣椒，别名：朝天椒、小米椒。茄科，辣椒属，一年生草本或灌木状。原产于墨西哥以及南美洲地区，中国引进栽培历史悠久。花果期5—11月。由于长期人工栽培、杂交育种，品种繁多，中国有数十个品种。新鲜辣椒对人体有极大益处。辣椒的嫩叶片能够食用，可以制作美味菜肴。干辣椒多为调味品，具有祛风散寒等功效。物语：读物万卷，无辣不欢。

láng pá cǎo

狼杷草

hán yuè bù zhào bái rì shuāng nóng xián bǎi cǎo tōu xián zhǎng

寒月不照白日霜，农闲百草偷闲长。

tiān ruò bāo róng lù tōng chàng shān lǐ kāi huā shān wài xiāng

天若包容路通畅，山里开花山外香。

狼杷草，别名：狼耶草、豆渣草。菊科，鬼针草属，一年生草本。产于中国吉林、辽宁、河北、山西、四川、宁夏、甘肃、青海、山东等地区。狼杷草喜欢生长于湿地、荒野周边，植株健壮，叶子边缘有锯齿，顶生的小小黄色花朵周围有一圈白色护卫苞片。狼杷草为传统中药材，全草入药，具有清热解毒等功效。物语：心心念念，平平安安。

lí lú
藜芦

jiā yǒu huā kāi fú shòu quán，cháng xiào bēn xiàng liǎng bǎi nián。
家有花开福寿全，常笑奔向两百年。
xīn zhōng ruò shì wú zá niàn，hǎo yùn jiù zài zhǎng wò jiān。
心中若是无杂念，好运就在掌握间。

藜芦，别名：山葱、丰芦、憨葱、旱葱、七厘丹。百合科，藜芦属，多年生草本，高达1米。产于中国，周边国家和欧洲中部均有分布。花果期7—9月。藜芦植株强壮，生于山坡林下或草丛中，茎直立挺拔，绿叶张扬，花朵黑紫色。根状茎有毒，可以制作杀虫剂。藜芦为传统中药材，具有催吐等功效。物语：天使意念，丈量时间。

lì zhī cǎo
荔枝草

chuí diào zǒng yǒu xiàn yú qíng　lì zhī cǎo chǒu yě yǒu gōng
垂钓总有羡鱼情，荔枝草丑也有功。

yào shí tóng yuán dōu gǎo dìng　qīng rè zhǐ kě shòu huān yíng
药食同源都搞定，清热止渴受欢迎。

荔枝草，别名：雪见草、青蛇草、野苏麻、虾蟆草、大塔花。唇形科，鼠尾草属，一年生或二年生草本。分布于中国各地区，周边亚热带国家也有分布。花期4—5月，果期6—7月。生于山坡、路旁、沟边、田野潮湿土壤中，海拔可至2800米。荔枝草抽出细长花茎，上部分抱茎开放粉紫色小花，样子优雅讨喜。全草入药。物语：草中黄金，尽得人心。

lì
栗

dàn yún qīng yān xiǎo yuè hán　gāo shù kāi huā zhī tóu huān
淡云轻烟晓月寒，高树开花枝头欢。
zhāo yáng guāng máng bù zhēng yàn　níng jù chéng lì gèng gān tián
朝阳光芒不争艳，凝聚成栗更甘甜。

栗，别名：板栗、魁栗。壳斗科，栗属，落叶乔木，高15~20米。广布于中国北方各地区。板栗栽培历史悠久，为世界知名的食用坚果。香甜可口，可以制作酒宴食品或者糕点。栗有多个品种，以辽宁丹东所产的最为著名，香甜软糯，为中国国家地理标志产品。栗的树根或根皮、叶、总苞、花或花序、外果皮、种仁可入药。物语：自我沉淀，勇往直前。

liàn
楝

xuě juǎn bái yún tīng yǔ mián，kōng gǔ yōu lán bù yè tiān。
雪卷白云听雨眠，空谷幽兰不夜天。
míng yuè yù shí chūn fēng miàn，bù jiào liàn shù jìn hóng yán。
明月欲识春风面，不教楝树近红颜。

楝，别名：苦楝、川楝子、紫花树。楝科，楝属，落叶乔木，高达10余米。产于中国黄河以南地区。花期4—5月，果期10—12月。楝树为城市遮荫纳凉的优质行道树种，春季盛开簇生淡紫色或白色花朵，漂亮且香味浓郁。楝树能吸附粉尘。楝树的叶子、树皮、根皮均为医书中记载的中药材，具有杀虫止痒等功效，果可作羊饲料。物语：生于世间，志存高远。

凉粉草

liáng fěn cǎo

yún ruò chū xiù xū qīng fēng, liǎng fēn máng lù bā fēn chéng.
云若出岫须清风，两分忙碌八分成。
liáng fěn cǎo shì tiān fèng sòng, wú sī jìn zài tián yě zhōng.
凉粉草是天奉送，无私尽在田野中。

凉粉草，别名：仙草、仙人草、仙人伴。唇形科，逐风草属，草本。中国南部地区广泛分布。凉粉草顶端盛开一大簇毛茸茸花托环绕的小紫花。将夏天采回的凉粉草洗净晒干后，与米浆混合煮熟，即可制成美味清爽的凉粉。凉粉碧绿色透明状，具有清热等功效。凉粉草全草入药，主要用于解暑、消渴。物语：月上轻舟，细风挽留。

liè yè jīng jiè
裂叶荆芥

bù zhēng xiān yàn bù duó hóng　xiān xì zhǎng chéng liú cuì xīng
不争鲜艳不夺红，纤细长成流翠星。
xiǎo huí xiāng zǐ mǎn yī chèng　huā kāi zhī shí zài wú qióng
小茴香籽满一秤，花开之时再无穷。

裂叶荆芥，别名：小茴香、荆芥、山薄荷。唇形科，裂叶荆芥属，一年生草本。中国黑龙江、辽宁、河北等地区有野生种，浙江、江苏等地区有栽培，朝鲜有分布，生于山坡、路边或山谷、林缘。中国的裂叶荆芥以宁夏海原县出产的最为著名，味道香醇浓郁。全草及花穗入药，可治风寒感冒、头痛等症。物语：天之大道，以学为要。

liú sū shù
流苏树

míng zhī bù yòng chūn zhuāng diǎn, bái yún piān jiào qīng fēng huán
明知不用春妆点，白云偏叫清风还。
liú sū shù zhī huā fēn luàn, xīn rán ài shàng sì yuè tiān
流苏树知花纷乱，欣然爱上四月天。

流苏树，别名：四月雪、萝卜丝花、茶叶树、乌金子、糯米花。木犀科，流苏树属，落叶灌木或乔木，高可达20米。产于中国多个地区，少量分布于日本和朝鲜。花期3—6月，果期6—11月。流苏树高大漂亮，枝条张扬形状优美，枝头绿叶婆娑。树冠上下铺满洁白如玉的流苏花团，其壮观程度绝对不亚于玉树琼枝。物语：春留冬住，香雪满树。

柳叶香彩雀

liǔ yè xiāng cǎi què

圆月高挂水波中，流云万丈相伴行。

yuán yuè gāo guà shuǐ bō zhōng，liú yún wàn zhàng xiāng bàn xíng。

天使花开待风静，等你归来看星星。

tiān shǐ huā kāi dài fēng jìng，děng nǐ guī lái kàn xīng xing。

柳叶香彩雀，别名：天使花、天使草。车前科，香彩雀属，多年生草本。原产于美洲地区，世界各地广泛栽培。柳叶香彩雀喜欢高温、潮湿、强光环境，春、夏、秋三季盛开，绿色叶片形同柳叶，花朵唯美，成串开放。大片种植花团锦簇，花量多，足以和薰衣草花海相媲美。盆栽植株美感十足，可以吸附粉尘，宜家宜室。物语：记忆河里，心如赤子。

lòu lú
漏芦

lòu lú wú yì jù xiāng zǐ，què yǐ rě de fēng dié chī。
漏芦无意聚香紫，却已惹得蜂蝶痴。
gù jiāng xiāng sī jì liè rì，shèng kāi xuǎn zài wǔ yuè dǐ。
故将相思寄烈日，盛开选在五月底。

漏芦，别名：野兰、和尚头、狼头花、达子头、大多脑花、大口袋花。菊科，漏芦属，多年生草本。分布于中国黑龙江、吉林、陕西、甘肃、青海等地区。野生漏芦在肥沃和贫瘠的生存环境中，风貌大不相同，唯一相同的是漏芦的种子和蒲公英的种子一样会飞翔，可以自播自长。漏芦的根及根状茎为中药材，具有清热解毒、消肿等功效。物语：春的踪迹，无声流逝。

lù dì mián
陆地棉

gè lǐng fēng sāo qí yíng chūn yuán yě dào chù yǒu gù rén
各领风骚齐迎春，原野到处有故人。

mián huā rú cháng xī yuán fèn zhī tóu zhàn fàng níng xuě yún
棉花如常惜缘分，枝头绽放凝雪云。

陆地棉，别名：高地棉、棉花、大陆棉、美棉、美洲帛、绵花根、改良棉。锦葵科，棉属，一年生草本。原产于美洲墨西哥，世界各地均有栽培，元代在中国南北方大部分地区普遍种植。陆地棉的花朵极为美丽，盛开时可观赏，其制品比比皆是。中国现有栽培品种为：斯字棉、德字棉、柯字棉。物语：温暖治愈，共襄盛举。

lù tí cǎo
鹿蹄草

lěng xiāng kě yǐ xiāo rén shǔ　shèng guò tóu shàng yǔ chuàn zhū
冷香可以消人暑，胜过头上雨串珠。

lù tí cǎo huā yě kāi wù　zhǎng de měi lì yào lì zú
鹿蹄草花也开悟，长得美丽药力足。

鹿蹄草，别名：鹿衔草、破血丹、鹿安茶、常绿茶、川北鹿蹄草。鹿蹄草科，鹿蹄草属，常绿草本状小亚灌木。产于中国南北方多个地区。鹿蹄草椭圆形的叶片上纹路精美，有点像栽培绿植虎耳草。夏季长出红色花葶，抱葶渐次向上开出一朵朵白色或红色小花。鹿蹄草全草入药，可治虚痨，具有止咳、强筋健骨等功效。物语：药中碧绿，竞相追逐。

罗布麻
luó bù má

wàn shuǐ liáng tòu sān fú tiān，qiān shān xiāng bàn fēi niǎo huán。
万水凉透三伏天，千山相伴飞鸟还。
luó bù má huā huán xīn yuàn，zhǎng chéng wéi rén tiān qīng huān。
罗布麻花还心愿，长成为人添清欢。

罗布麻，别名：野茶、红花草、红麻、茶叶花。夹竹桃科，罗布麻属，直立半灌木。分布于中国新疆、青海、甘肃、陕西、河北、江苏等地区。罗布麻在不同的生存环境下有自己的生存机制，该长高时长高，该粗壮时粗壮，花粉白色，非常漂亮。罗布麻被称为天然降压宝，嫩叶蒸炒揉制后当茶叶饮用，有清凉去火、强心等功效。物语：镜花水月，自娱自乐。

luó lè
罗勒

luó lè rǔ míng jiǔ céng tǎ, qī yuè tōu kāi xiǎo zǐ huā.
罗勒乳名九层塔，七月偷开小紫花。
měi wèi háng zhōng cháng chēng bà, xǐ huan rù zhù hǎi xiān jiā.
美味行中常称霸，喜欢入驻海鲜家。

罗勒，别名：九层塔、金不换、兰香、鸭罗草。唇形科，罗勒属，一年生草本。产于中国新疆、吉林、河北、广西、广东等地区。罗勒的叶子为东南亚、中国台湾以及广东制作海鲜时，最常用的绿叶芳香作料，约定俗成的常用名叫九层塔。栽培食用的罗勒在开花季多数会被拿掉花苞，在市场销售，和芫荽齐名。罗勒全草入药。物语：花的秘密，香之心事。

luó bo

萝卜

chūn pāo cuì yù rù tǔ zhōng hán qíng bù zhǐ liǎng wàn chóng

春抛翠玉入土中，含情不止两万重。

lǜ làng ruò yǒu xiāng sī mèng dāng kě chū lái yíng dōng hóng

绿浪若有相思梦，当可出来迎冬红。

萝卜，别名：莱菔、寿星头。十字花科，萝卜属，一年生或二年生草本。原始种野萝卜的栽培驯化起源于欧亚大陆温暖地区，中国栽培历史悠久。花期4—5月，果期5—6月。当下生吃口感清脆味美的水果萝卜非山东潍坊市（潍县）萝卜莫属。萝卜种类很多。萝卜的根能够食用，为餐桌重要蔬菜，种子、鲜根、枯根、叶皆可入药。物语：全心付出，从未索取。

络石

luò shí

qīng hán guò hòu tiān xīn qíng， zhī tóu sān èr huáng lí shēng。
清寒过后天新晴，枝头三二黄鹂声。

shān fēng zhī xià luò shí jìng， kōng gǔ zhǐ yǒu xī yún xíng。
山峰之下络石静，空谷只有溪云行。

络石，别名：石血、石龙藤、爬墙虎。夹竹桃科，络石属，常绿木质藤本，长可达10米。分布于中国南北方各地区，日本、越南以及朝鲜亦有。花期3—7月，果期7—12月。络石为观花观叶植物，乳汁有小毒，主要用于美化园林。花朵优雅美丽，芳香浓郁，十分悦目。络石的根、茎、叶、果实均具有药用价值，能够清热解毒。物语：似水流年，冷暖相伴。

luò huā shēng
落花生

xià fēng fēi lái jiē chéng guǒ huā shēng wàn shàng gù pàn duō
夏风飞来结成果，花生蔓上顾盼多。
qīng chūn qì xī zhào míng yuè jiù cǐ měi de tiān dì hé
青春气息照明月，就此美得天地合。

落花生，别名：长生果、番豆。豆科，落花生属，一年生草本。原产于南美洲，中国栽培历史悠久。花果期6—8月。落花生茎直立或匍匐，花冠黄色或金黄色，柱头顶生，花落的同时，地下开始长果实。每荚果内含1~4粒种子。植株地下的果实通常称为花生，因其营养丰富，尤其植物蛋白在煮熟后全部析出，因而被称为长生果。物语：星月交融，天地作用。

luò xīn fù

落新妇

chūn fēn yuē dìng fēng hé yǔ, yù wèi bǎi huā pò mí jú.

春分约定风和雨，欲为百花破迷局。

zhuó ěr bù fán luò xīn fù, liù qī bā jiǔ dōu zhàn zú.

卓尔不凡落新妇，六七八九都占足。

落新妇，别名：术活、小升麻、马尾参、山花七、阿根八、金毛三七。虎耳草科，落新妇属，多年生草本。野生野长的落新妇植株健壮，枝繁叶茂，开花不断，大多生于高海拔的山谷溪边或者林荫树下。六月，城市园林的落新妇枝头有无数细小花朵开放，花穗张扬开来，花团锦簇，五彩缤纷，十分壮观漂亮。落新妇的根状茎可入药。物语：沉淀情感，留住花颜。

lǘ tí cǎo
驴蹄草

jǐn xiù duī lǐ nán qīng bié，lǘ tí cǎo huā yě kě gē。
锦绣堆里难轻别，驴蹄草花也可歌。
jí shí xíng lè mò shī luò，guò jìn fāng fēi yě lè hē。
及时行乐莫失落，过尽芳菲也乐呵。

驴蹄草，别名：马蹄草、马蹄叶。毛茛科，驴蹄草属，多年生草本。分布于中国西藏东部、云南西北部、四川、浙江西部等地区。驴蹄草多野生野长于溪谷林边和湿草甸等潮湿处，叶子形状各异优美有纹路。单瓣碗状花朵明黄色，花蕊细密，迎风摇曳魅力十足，盛开时风姿绰约。全草有毒，可试制土农药。全草入药，具有除风、散寒等功效。物语：五至九月，开花结果。

绿豆
lǜ dòu

cháng tīng lǎo gē huàn xīn shēng, zǒng jiàn xīn qíng bié jiù qíng.
常听老歌换新声，总见新情别旧情。

lǜ dòu sī xià àn qìng xìng, wú xū gǎi chéng yān zhi hóng.
绿豆私下暗庆幸，无须改成胭脂红。

绿豆。豆科，豇豆属，一年生直立草本，高0.2~0.6米。中国南北方各地均有栽培，世界各热带、亚热带地区广泛栽培。花期初夏，果期6—8月。绿豆因其属性寒凉广受炎热地区欢迎，常被制成绿豆糕、绿豆冰沙等食品。绿豆的水生嫩芽富含多种维生素。绿豆消暑开胃、老少皆宜，具有清凉解毒等功效。物语：闪烁个性，生命充盈。

mǎ biān cǎo
马鞭草

kù rè yān yún zhē qián biān, mǎ biān cǎo huā nán rù mián.
酷热烟云遮前边，马鞭草花难入眠。

hū wén ěr hòu fēng shēng biàn, xǐ tiān hǎo yǔ dào yǎn qián.
忽闻耳后风声变，洗天好雨到眼前。

马鞭草，别名：野荆芥、铁马鞭、白马鞭、蜻蜓草、龙芽草、风颈草、透骨草、风须草、紫顶龙芽草。马鞭草科，马鞭草属，多年生草本，高可达1.2米。产于山西、陕西、甘肃、江苏、湖北等地区。马鞭草植株直立，底部叶子翠绿，茎秆高挑美观，顶端小分枝上缀满细小的粉紫色花朵，花团锦簇，美艳绝伦。物语：观赏之花，中药世家。

马瓟瓜
mǎ bó guā

cǎo mù fú shū zì rán jǐng，qǐ lì hé xū tiān jiā gōng。
草木扶疏自然景，绮丽何须天加工。
jì rán yuè guā kě jiǎn zhòng，fàng shǒu yī bó huā qīng chéng。
既然越瓜可减重，放手一搏花倾城。

马瓟瓜，别名：稍瓜、生瓜、越瓜、白瓜、菜瓜、马泡瓜。葫芦科，黄瓜属，一年生匍匐或攀缘草本。中国南北各地有少许栽培，普遍逸为野生，朝鲜也有。花果期夏季。马瓟瓜是绿色蔬果，营养近似甜瓜，清脆有芳香味又不甜，生吃熟食皆宜，也作观赏。马瓟瓜为传统中药材，具有清热解毒、降血压等功效。物语：言而有信，坦荡塑身。

mǎ lì jīn
马利筋

yíng yíng qiū shuǐ dǎ zhāo hu, dàn dàn chūn shān wú tǎn tú

盈盈秋水打招呼，淡淡春山无坦途。

zhǐ guǎn fēng suǒ lái shí lù, mǎ lì jīn huā tiān zuò zhǔ

只管风锁来时路，马利筋花天作主。

马利筋，别名：芳草花、状元红。萝藦科，马利筋属，多年生直立草本，高达0.8米。原产于拉丁美洲西印度群岛，世界各热带地区广泛分布，中国广东、广西、四川、云南、贵州等地均有分布。马利筋花团锦簇，颜色绚丽，四季盛开，其多用于布置花坛花境。马利筋全株有毒，不适合种植于家中，本身具有消炎止痛等药效。物语：芸芸众生，日日春风。

mǎ líng shǔ
马铃薯

tǔ dòu chū zì dì qiú cūn, wù měi jià lián tiān xià wén.
土豆出自地球村，物美价廉天下闻。

zì cǐ lián jiē chūn yǒu xìn, dà jiā dōu shì gòng xiǎng rén.
自此连接春有信，大家都是共享人。

马铃薯，别名：土豆、洋芋。茄科，茄属，草本。原产于热带美洲的山地，17世纪时，成为欧洲的重要农作物。最早由华侨从东南亚地区引入中国种植，如今中国马铃薯种植面积已位居世界第二。马铃薯以甘肃定西县的为最佳，口感好营养丰富，能够帮助青少年发育成长。块茎含淀粉，可食用，并作为工业淀粉原料。物语：不疾不徐，简单如初。

麦仙翁

老了岁月万不能，春天追逐麦仙翁。
袅娜仿佛钗头凤，昂扬找回花深情。

麦仙翁，别名：麦毒草、毒石竹、麦子花、田冠草。石竹科，麦仙翁属，一年生草本。产于中国黑龙江、吉林、内蒙古、新疆，分布于欧洲、亚洲、非洲北部和北美洲。麦仙翁通常生长于麦田路边村头地脚。麦仙翁的花朵色彩艳丽，耐干旱，生命力旺盛。因其茎、叶和种子有毒，故而不要在家中栽培观赏。物语：独学孤陋，寡闻无友。

màn jīng
蔓荆

chūn fēng chuī jìn xiāng mián qíng, jiāng hé liǎng àn màn jīng shēng
春风吹尽香绵情，江河两岸蔓荆生。

huā kāi měi de tiān rù dìng, yuè yuán zhào liàng wàn qiān chéng
花开美得天入定，月圆照亮万千城。

蔓荆，别名：荆子、蔓菁子、三叶蔓荆。马鞭草科，牡荆属，落叶灌木罕为小乔木，高可达5米。产于中国南方地区，分布于周边亚热带国家。花期7月，果期9—11月。野生蔓荆生于海边、沙滩，耐盐碱、耐干旱、耐高温。植株健壮，长有毛茸茸的叶片，开淡紫色的花朵，芳香浓郁。果实入药，治感冒、风热等症。物语：紫花如梦，古井有情。

máng guǒ

杧果

xīn huā nù fàng shào nián láng bù shì tài yáng yě fā guāng

心花怒放少年郎，不是太阳也发光。

tiān dì xiāng yù bù shāng liang xiāng hù jiāo fù máng guǒ xiāng

天地相遇不商量，相互交付杧果香。

杧果，别名：马蒙、抹猛果、芒果、密望子。漆树科，杧果属，常绿大乔木，高10~20米。产于中国云南、广西、广东、福建等地区，分布于印度、中南半岛、马来西亚等地区，栽培历史已经超过4千年。杧果气味芳香，营养丰富，素有热带水果之王的美誉，富含多种维生素和粗纤维，已被列入《世界自然保护联盟濒危物种红色名录》。物语：堆金之情，如痴如梦。

美丽胡枝子

měi lì hú zhī zǐ

ké bù róng huǎn jūn xū zhī， zǎo jiǎn zǎo chá zǎo gé lí

咳不容缓君须知，早检早查早隔离。

běn xiǎng yuǎn lí chuán bō jì， bù shè měi lì hú zhī zǐ

本想远离传播季，不舍美丽胡枝子。

美丽胡枝子，别名：路生胡枝子、柔毛胡枝子、南胡枝子。豆科，胡枝子属，单一或丛生灌木，高可超1米。产于中国，南北方各地区均有栽培种植。花果期9—11月。美丽胡枝子植株健壮，枝繁叶茂。种子可提炼高级食用油，富含多种适合人体的氨基酸，木材坚韧，可作家具用，是极好的薪炭材料，亦可药用。物语：别情无极，相思如是。

mí dié xiāng
迷迭香

shuǐ zhōng dào yǐng dà bù tóng, shuí yǔ míng yuè gòng chūn fēng
水中倒影大不同，谁与明月共春风。

mí dié xiāng cǎo zhī qīng zhòng, rì yè zhuī gǎn wèi xiāng féng
迷迭香草知轻重，日夜追赶为相逢。

迷迭香。唇形科，迷迭香属，灌木，高达2米。原产于欧洲及北非地中海沿岸，为日常香料作物，中国引进栽培。从迷迭香的花和叶子中可以提炼抗氧化剂和芳香油，新鲜叶子制作菜肴。迷迭香可药用，具有镇静、提神醒脑等功效，可改善语言、视觉、听力方面的障碍。盆栽迷迭香宜家宜室，象征着友谊地久天长。物语：风云初见，留恋万千。

mì huā dòu
密花豆

mì huā dòu kāi liáo cháng kōng, qiè qiè sī yǔ huà duō qíng
密花豆开撩长空，窃窃私语话多情。

hé chù méi yǒu líng huó xìng, huā xiāng niǎo yǔ gè fēi shēng
何处没有灵活性，花香鸟语各飞声。

密花豆，别名：鸡血藤、九层风、血龙藤、小豆花。豆科，密花豆属，攀缘藤本，中国特产。分布于中国广东、广西等地区。密花豆枝条折断会流出红褐色汁液，故而得名鸡血藤。花期6月，果期11—12月。密花豆的茎可药用，具有祛风活血等功效。在四川旅游区可以看到密花豆藤制成的手镯。

物语：适当独处，远离世俗。

mù yóu tóng
木油桐

rén bù jì jiào tiān dì kuān chūn shàng zhī tóu xiù nèi hán
人不计较天地宽，春上枝头秀内涵。

mù yóu tóng shàng xuě huā luàn háo mài zhī qì kāi chéng sǎn
木油桐上雪花乱，豪迈之气开成伞。

木油桐，别名：千年桐、皱果桐。大戟科，油桐属，落叶乔木，高可达20米。分布于中国广东、海南、浙江、江西、福建、广西、贵州、湖南等地区。每年4月，木油桐绽放出一大簇一大簇的洁白色小花，花蕊粉红色，极为俏丽。夏季树冠张扬，绿叶婆娑，恰似华盖遮荫，微风送爽。秋季结出龟壳状皱皮果，成熟后可以炼油。物语：地大物博，春秋迎接。

nán guā
南瓜

shùn téng chě wàn xiàng qián pá　tóu shàng zhǎng chū jīn lǎ ba
顺藤扯蔓向前爬，头上长出金喇叭。
chuī chuī dǎ dǎ mǎn tiān xià　kāi kāi xīn xīn nán guā huā
吹吹打打满天下，开开心心南瓜花。

南瓜，别名：北瓜、番南瓜、饭瓜、番瓜、倭瓜。葫芦科，南瓜属，一年生蔓生草本，藤可长达2~5米。原产于墨西哥至中美洲一带，明代传入中国，现在世界各地均有栽培。本种的果实作肴馔，亦可代粮食。全株各部可供药用，其花粉能消除人体疲劳，延缓衰老。南瓜的嫩芽及果实，均可制作美食。物语：金瓜一芽，誉满天下。

niú jiǎo guā
牛角瓜

xià rì huā cǎo rèn xiāo sǎ　shēn biān zhǎng chū niú jiǎo guā
夏日花草任潇洒，身边长出牛角瓜。
liú diǎn yào yòng biàn tiān xià　jià zhí gāo yú fāng lín jiā
留点药用遍天下，价值高于芳邻家。

牛角瓜，别名：羊浸树、短场草。萝摩科，牛角瓜属，直立灌木。产于中国广东、广西等地区，分布于东南亚等亚热带国家。亚热带植物，全年开花结果，淡紫色花朵，结出状似牛角的瓜，故而得名。牛角瓜里面布满冠毛纤维，脱籽后经过处理，可以得到高级天然纤维，透气性很好。牛角瓜是中药材，还可以制作天然肥料。物语：美好不多，请勿挥霍。

niú xī
牛膝

jí jiǎn lǜ yè liú cuì zhǎng　niú xī fā chū dàn dàn xiāng
极简绿叶流翠长，牛膝发出淡淡香。
xuán guān gōu shàng guà yù wàng　yù jiào tiān dì dōu ān kāng
玄关钩上挂欲望，欲叫天地都安康。

牛膝，别名：牛筋、百倍。苋科，牛膝属，多年生草本，高可达1.2米。产于中国南北方各个地区，分布于周边国家。花期7—9月，果期9—10月。牛膝茎秆紫红色形状如竹，老叶子处长有类似牛膝盖的粗大关节，故而得名牛膝。牛膝根系发达，呈圆柱形，干燥后为有名的传统中药材，具有强筋骨、补气血等功效。嫩叶可以作蔬菜食用。物语：甘为桑田，不曾改变。

ōu shí nán
欧石南

wò jǐn yáng guāng ōu shí nán， huā zī jìn yǔ bīng xuě jiān
握紧阳光欧石南，花姿尽与冰雪间。

qíng shēn bù xìn qíng huì duàn， xiāng hù qǔ nuǎn bù gū dān
情深不信情会断，相互取暖不孤单。

欧石南，别名：欧石楠、冬欧石南、春欧石南。杜鹃花科，欧石楠属，多年生常绿。原产于北欧、东欧等国家，是挪威的国花。欧石南是目前世界上较为流行的小盆栽。野生欧石南枝秆纤细稚嫩，细小翠绿的叶子，柔美至仙的小花，在挪威的冰天雪地里顶着寒风傲然绽放，让很多年轻的花友为此感动。物语：苦与不苦，自己做主。

pàng dà hǎi

胖大海

pàng dà hǎi shù shàng yún tiān, qīng mèng zhuāng mǎn yuè yá chuán.
胖大海树上云天，清梦装满月牙船。
cǐ shí dà dì wú zá niàn, shēn xī yī kǒu huí gān tián.
此时大地无杂念，深吸一口回甘甜。

胖大海，别名：大海、大海子。梧桐科，苹婆属，落叶大乔木，高可达40米。分布于印度和马来西亚等东南亚国家，中国海南和广东栽培种植。胖大海树为热带或亚热带树种，树冠张扬，绿叶婆娑，多为行道树和旅游区观赏树种。胖大海树的果实就是胖大海。胖大海为传统中药材，泡水喝具有润喉利咽等功效，可治干咳、咽痛等症。物语：荣于春风，坐待秋成。

pèi lán
佩兰

huā kāi shí lǐ xiāng fēng piāo　pèi lán bù rěn lí qù zǎo
花开十里香风飘，佩兰不忍离去早。
cù zhī fù ěr qīng shēng dào　wèi lái yī qiè gèng jìng hǎo
促织附耳轻声道，未来一切更静好。

佩兰，别名：兰草、香水草、泽兰、八月白、多须公、红泽兰、孔雀花。菊科，泽兰属，多年生草本。产于中国南北多个地区。佩兰生长于溪水边或者原野湿地，茎直立，根茎淡红褐色，茎秆红紫色，叶子浓绿，顶端簇生紫红色花朵，芳香浓郁。全株及花揉之有香味，似薰衣草。全草药用，性平、味辛，利湿、健胃、清暑热。物语：芳香魔法，延伸无涯。

píng zǐ cǎo
瓶子草

cāng hǎi sāng tián àn xiāng xiāo tiān wēng zào chū píng zǐ cǎo
沧海桑田暗香消，天翁造出瓶子草。
huā jiào kūn chóng zháo le dào mì guàn zhī zhōng jìn huó bǎo
花叫昆虫着了道，蜜罐之中尽活宝。

瓶子草，别名：紫花瓶子草、紫瓶子草。瓶子草科，瓶子草属，多年生食虫草本。原产于美国东岸五大湖区和加拿大南方，受生长环境影响较少被引种。瓶子草的叶子进化成分泌香甜物质的瓶子状，瓶口滑润，阳光照射瓶子背面时，会折射出琉璃般的光泽，诱使昆虫进入仙境。植物吞噬动物的陷阱可见一斑。物语：芳心勿动，动则要命。

qiān niú
牵牛

cǎo jīn líng huā tiē dì zhǎng, yǐng yǐng chuò chuò shēng luó xiāng
草金铃花贴地长，影影绰绰生罗香。

níng jù lì liàng qiǎng kāi fàng, kāi wán yuè liang kāi tài yáng
凝聚力量抢开放，开完月亮开太阳。

牵牛，别名：喇叭花、牵牛花、裂叶牵牛、朝颜。旋花科，牵牛属，一年生缠绕草本。中国除西北和东北部分地区外，大部分地区都有分布。牵牛生命力旺盛，野生野长，叶子翠绿。牵牛的种子为传统的中药材，名丑牛子、黑丑、白丑、二丑，入药名为黑丑，具有泻下利尿等功效。有一定毒性，须慎用。物语：追随热情，逆袭成功。

qiàn

芡

zhuàng pò hòu yún yǔ wèi tíng, qiàn shí kāi huā zǐ yùn shēng

撞破厚云雨未停，芡实开花紫韵生。

bǎo jié nì zhuǎn shuǐ huán jìng, qià sì hán dōng sòng chūn fēng

保洁逆转水环境，恰似寒冬送春风。

芡，别名：鸡头米、鸡头子、鸡头果子、芡实、鸡生子、鸡头菱角。睡莲科，芡属，一年生大型水生草本。产于中国，生长于淡水池塘湖沼中，栽培历史悠久。芡带刺开玫瑰紫花，种子富含淀粉可以食用。芡以江西省上饶市余干县所产最为著名，色白粒大味清香。芡药食同源，具有健脾养血等功效。物语：轻身佳物，有理有据。

qiàn cǎo
茜草

jīng cǎi suì yuè bù rǎn chén, xì yǔ xǐ de qiàn cǎo xīn
精彩岁月不染尘，细雨洗得茜草新。
èr yuè zhǎng zhì nián guān jìn, yào lì shí zú kě qīng shēn
二月长至年关近，药力十足可轻身。

茜草，别名：风车草、过山龙、红丝线、八仙草、川地血、穿心草、挂拉豆、过山红。茜草科，茜草属，多年生草质攀缘灌木。产于中国，周边国家也有分布。花期8—9月，果期10—11月。茜草野生于山谷丛林，生性粗放，茎秆上布满了小刺，无毒无味，非常柔和漂亮。茜草干燥根为传统中药材，具有轻身益气和活血化瘀等功效。物语：真理天地，追求开始。

荞麦

星落柳梢风送爽，荞麦花开大地香。
飞蛾欲吻倾城浪，逗得月亮也轻狂。

荞麦，别名：乌麦、甜荞。蓼科，荞麦属，一年生直立草本。荞麦种植历史悠久，世界各地分布广泛，中国为主要发源地之一。花期5—9月，果期6—10月。大片大片的荞麦花开放后，远观一片花团锦簇。荞麦生于荒地、路边，种子含丰富的淀粉，供食用。荞麦是蜜源植物。全草入药，可治高血压等症。物语：奉献无悔，舍我其谁。

雀麦

què mài

mò fù nián huá mò bié lí，xiāng sī quán yǒng wú rén zhī。
莫负年华莫别离，相思泉涌无人知。
què mài tuō fù běi fāng dì，wù le qiū jì dài chūn shí。
雀麦托付北方地，误了秋季待春时。

雀麦，别名：野大麦、杜姥草、牛星草、山大麦。禾本科，雀麦属，一年生直立草本。产于中国辽宁、内蒙古、甘肃、河南、江苏、河北、山西等地区，欧亚温带广泛分布。花果期5—7月。可以取雀麦的青叶捣汁制作面食，颜色青翠味道鲜美。雀麦为医书中记载的中药材，全草入药，可治汗出不止等症。物语：珍惜良田，体恤寒川。

qín jiāo
秦艽

zǐ yī luó páo pū dì tóu xiāo jiě shì jiān wàn mín yōu
紫衣罗袍铺地头，消解世间万民忧。
yìng tǔ zài shēn yě chuān tòu qín jiāo fèng xiàn yǒng bù xiū
硬土再深也穿透，秦艽奉献永不休。

秦艽，别名：秦爪、西大艽。龙胆科，龙胆属，多年生草本，高0.6米。产于中国北方多个地区，俄罗斯和蒙古国也有分布。花果期7—10月。秦艽根须力量强大扭结成索深入地下，六月下旬，花葶顶端盛开一簇簇蓝紫色花朵，在风中招蜂引蝶，看上去美极了。秦艽干燥根茎为传统中药材，具有驱寒散热、舒筋、祛头痛等功效。物语：流云无影，沉寂初晴。

qīng dài
青黛

fēng liú wú yǔ qǐ sāng tián，mù duàn dāng yáng bù yè tiān。
风流无语起桑田，目断当阳不夜天。

shí guāng cuī de qīng dài luàn，kāi duǒ xiǎo huā sòng rén jiān。
时光催得青黛乱，开朵小花送人间。

青黛，别名：靛花、蓝草、波斯蓝、青缸花。爵床科，蓼蓝属，一年生草本。原产于波斯国（今伊朗），传入中国历史悠久，各地均有分布。青黛植株叶子翠绿，开漂亮的淡紫色花朵。自古迄今都是最重要的天然染料，纯青黛蓝染制的服装可以深度保护皮肤。青黛为传统中药材，具有清热解毒、消斑美容等功效。物语：倒影含水，靛蓝之美。

qīng gān yáng
青甘杨

chūn xià qiū dōng sì dà jǐng, yáng shù dú yáo tiān xià fēng.
春夏秋冬四大景，杨树独摇天下风。

yè shēn yuè míng lín qí jìng, yuǎn jìn dōu néng wén qí shēng.
夜深月明临其境，远近都能闻其声。

青甘杨，别名：青海杨、甘青杨。杨柳科，杨属，乔木，高可达20米。产于中国青海、甘肃、内蒙古一带。青甘杨品种多，常见的主要有白杨、青杨、胡杨、黑杨、大叶杨和小叶杨。杨树的最大特点就是生长迅速，为北方城市主要行道树之一。杨树枝头的叶片被微风一吹，也会婆娑作响，紫花穗可食用。物语：昂然挺立，做回自己。

瞿麦

qú mài

qiān mò zhī shàng qú mài xiāng shì yǔ qiáo chǔ zhēng huā wáng
阡陌之上瞿麦香，试与翘楚争花王。
tián jiān chù chù yǒu xī wàng shèng què gāo fēng dǒu qiào guāng
田间处处有希望，胜却高峰陡峭光。

瞿麦，别名：野麦、大石竹、剪刀花、金银子、竹节器、巨麦。石竹科，石竹属，多年生草本。原产于中国多个地区，周边国家分布广泛。花期6—9月，果期8—10月。瞿麦茎叶美观，盛开粉紫色或者粉红色流苏花，丝丝缕缕极有特色，非常优雅漂亮。瞿麦全草入药，为有名的传统中药材，具有杀虫抑菌和止疼利尿等功效。物语：相互取暖，春尽秋欢。

ròu cōng róng
肉苁蓉

fāng zé wú jiā bǎi huā shēng，dà dì zhǎng chū ròu cōng róng。
芳泽无加百花生，大地长出肉苁蓉。

chāo fán tuō sú xīn jiān dìng，jiān chí bù xiè bì chéng gōng。
超凡脱俗心坚定，坚持不懈必成功。

肉苁蓉，别名：察干高要、苁蓉、寸芸、大芸、松蓉。列当科，肉苁蓉属，高大草本。产于中国内蒙古等地区，生于梭梭荒漠的沙丘地带。花期5—6月，果期6—8月。肉苁蓉独立生长呈鳞甲宝塔状，好像一根根神仙花柱，与普通绿色草本植物截然不同，为寄生品种。肉苁蓉的茎可入药，药用价值极高。物语：迎风吐艳，珍惜流年。

三花莸

sān huā yóu

细风吹拂三花莸，送上天穹醉神楼。

xì fēng chuī fú sān huā yóu, sòng shàng tiān qióng zuì shén lóu.

嫦娥姐姐若等候，可否赐杯长情酒。

cháng é jiě jiě ruò děng hòu, kě fǒu cì bēi cháng qíng jiǔ.

三花莸，别名：金钱风、六月寒。马鞭草科，莸属，直立亚灌木。分布于中国陕西、甘肃、江西、河北等地区。野生三花莸多生于海拔较高的山坡草丛河沟岸边，茎杆方形从基部开始分枝，叶子浓绿色。花果期6—9月。开形状奇特带有时尚斑纹的淡紫色小花，花蕊长而弯曲，三朵比并而开，故名三花莸。全株入药，具有解表宣肺等功效。物语：拨动心弦，绽放灿烂。

sān qī
三七

sān qī cǎo huā měi rú chū zhǐ wàng fēng yún chéng juàn shǔ
三七草花美如初，指望风云成眷属。
ruò shì yāo lái tiān yá zhù qiān shǒu wú xū fèi gōng fu
若是邀来天涯住，牵手无须费功夫。

三七，别名：田七、田三七。五加科，人参属，多年生直立草本。产于中国南部地区，主产于云南、广西等地区。花期7—8月，果期8—10月。三七主根肉质纺锤状，挖取地下根茎干燥后就为传统中药材三七，以种植三到七年的宿根为最佳品，故名三七，具有活血止血、祛瘀止痛等功效。三七的花、叶、果及茎均富含三萜。物语：药中之宝，合适就好。

sān yè mù tōng
三叶木通

chūn lái chuī de shù fēng qīng　bǎi niǎo jiào chū tiān xià jǐng
春来吹得数峰青，百鸟叫出天下景。

sān yè mù tōng shùn shì dòng　kāi huā jiē guǒ sòng rén qíng
三叶木通顺势动，开花结果送人情。

三叶木通，别名：八月瓜、八月楂、羊开口、白木通、甜果木通、三叶拿藤。木通科，木通属，落叶木质藤本。产于中国长江流域各地区，生长于中高海拔地区的山谷丘陵丛林边缘。花期4—5月，果期7—8月。三叶木通藤蔓会自己缠绕于树干或者支撑物上，开淡紫色花朵，果肉似香蕉，可食用。三叶木通的根、茎和果均可入药。物语：花叶奇特，格外出色。

sàn wěi kuí
散尾葵

běi fēng xiāng sī liú nán yún　sàn wěi kuí shēng sī chūn xīn
北风相思留南云，散尾葵生思春心。
qiān sī wàn lǚ sī bù jìn　tiān xià hǎn jiàn sī qiū rén
千丝万缕思不尽，天下罕见思秋人。

散尾葵，别名：黄椰子、印度尼西亚散尾葵、紫葵。棕榈科，金果椰属，丛生灌木，高可达5米。原产于非洲马达加斯加，中国南方广泛栽培。散尾葵树形优美，是良好的绿化树，主要用于美化环境，多种植于园林街道和校园庭院，有吸附粉尘净化空气的作用。同时还能制造新鲜氧气，提高空气湿度。物语：绿意绵绵，春光无限。

sāng

桑

hóng piān jù zhì dào yǐng cháng shèng xià dú gè hòu bèi liáng

鸿篇巨制倒影长，盛夏读个后背凉。

sāng yuán jìng tǔ liú jǐ zhàng zì cǐ tú yā bù shàng qiáng

桑园净土留几丈，自此涂鸦不上墙。

桑，别名：家桑、桑树、连条、谷皮树、不旱子。桑科，桑属，乔木或灌木，高10米以上。原产于中国北部和中部地区，朝鲜、日本、蒙古国、中亚各国、俄罗斯、欧洲等地有分布。桑是经济树种，叶子养蚕制作丝制品，亦作药用，也可作土农药，桑枝嫩茎叶作蔬菜。桑的根皮、果实及枝条均可入药。物语：天之恩物，大地所出。

沙参
shā shēn

yè tīng huā cóng xià chóng shēng　shā shēn téng shàng yáo fēng líng
夜听花丛夏虫声，沙参藤上摇风铃。
yí shì jiē le zhàn fàng lìng　xǐ yuè kāi zài qī yuè zhōng
疑是接了绽放令，喜悦开在七月中。

沙参，别名：南沙参、白参、知母、羊乳、羊婆奶、泡参、三叶沙参、山沙参。桔梗科，沙参属，茎高0.4~0.8米。原产于中国江苏和浙江等地区。花期8—10月。沙参植株直立不分枝，花蓝紫色盛开后非常漂亮。挖去根茎晒干后就成为滋补药材沙参，具有滋补强壮、健脾养胃等功效，另有多种药效。物语：月光清凉，呼唤遐想。

shā rén
砂仁

tiān xià hé chù wú zhēn qí，shā rén jiù dì qǐ gāo zhī。
天下何处无珍奇，砂仁就地起高枝。
jīng yàn bù fèi chuī huī lì，càn làn guò hòu jiē guǒ shí。
惊艳不费吹灰力，灿烂过后结果实。

砂仁，别名：阳春砂、春砂仁、缩砂蜜。姜科，豆蔻属，多年生草本，高达3米。产于中国福建、广东、广西等地区。花期5—6月，果期8—9月。砂仁植株叶子大而飘逸，充满热带风情。国产砂仁以广东阳春的最为有名，香气浓郁，为烹调鱼肉类的重要香料，经常搭配其他芳香作料制作卤水调料包。砂仁的果实供药用，可治宿食不消等症。物语：药食同源，花中典范。

山麻杆
shān má gǎn

yún shōu yǔ guò hán liáng tiān, bàn mǔ tián zhòng shān má gǎn.
云收雨过寒凉天，半亩田种山麻杆。
tóu dǐng shàng biān chūn lái yàn, sòng lǚ nuǎn fēng dào yǎn qián.
头顶上边春来燕，送缕暖风到眼前。

山麻杆，别名：桐花杆、狗尾巴树、牛脑树、红荷叶。大戟科，山麻杆属，落叶灌木。产于中国南北部地区。花期3—5月，果期6—7月。山麻杆的叶子红如花朵，鲜艳漂亮。山麻杆的茎皮、叶都有利用价值。山麻杆的茎皮纤维类似亚麻，可以制造天然吸湿透气的高级服装，枝叶可作优质青饲料，果实可以炼油。物语：月照影清，高雅象征。

shān mù lán
山木兰

yǒu zhǒng yì niàn jiào xiū xíng　xīn líng gǎn yìng rú qīng fēng
有种意念叫修行，心灵感应如清风。
shān yù lán xū yōu yǎ jìng　rì yè xué chán wàng chéng gōng
山玉兰须幽雅境，日夜学禅望成功。

山木兰，别名：优昙花、红花山玉兰、山波萝、山玉兰。木兰科，木兰属，常绿乔木，高达12米。分布于中国贵州、云南。花期4—6月，果期8—10月。生于海拔1500～2800米的石灰岩山地阔叶林中或沟边较潮湿的坡地。云南昆明市温泉曹溪寺还有一株古老的优昙花树，夏季时绿叶婆娑，优昙花盛开芳香四溢。物语：春景秋驻，天地彻悟。

shān hú yīng
珊瑚樱

zhī tóu shàng guà zuó yè yǔ, shān hú yīng huā yǐ jié lú
枝头尚挂昨夜雨，珊瑚樱花已结庐。
yāo qǐng bā qiān xué zǐ zhù, lái rì zhǎng chéng yè míng zhū
邀请八千学子住，来日长成夜明珠。

珊瑚樱，别名：玉珊瑚、万寿果、洋辣子、四季果。茄科，茄属，直立分枝小灌木，高可达2米。原产于南美洲，分布于中国河北、陕西以及中部、西部和南部等地区。花期初夏，果期秋末。珊瑚樱多为北方寒冷地区的家庭矮化盆栽观赏植物，绿叶红果留枝时间长，很漂亮。珊瑚樱全株有毒，果实不能吃。珊瑚樱的根可入药。物语：云来雾去，时光富庶。

shāng lù
商陆

dié liàn huā shí huā hài xiū fēng lái yīn yīn wèn qù liú
蝶恋花时花害羞，风来殷殷问去留。
shāng lù gāo yǎ bù qiān jiù hóng chén nán rǎn líng bō tóu
商陆高雅不迁就，红尘难染凌波头。

商陆，别名：章柳。商陆科，商陆属，多年生粗壮草本。中国除东北、内蒙古、青海、新疆外广泛分布。花期5—8月，果期6—10月。商陆植株健壮，生命力极度旺盛，多野生于山脚林间田头地角，嫩茎叶可以食用。其根茎如同萝卜，白色可内服，红色只能外用。商陆为传统中药材，具有消肿散结等功效。物语：草木精华，自我强大。

shé biān jú
蛇鞭菊

mén qián zhǎng chū shé biān jú， yìng rì chén guāng sǎ mǎn wū。
门前长出蛇鞭菊，映日晨光洒满屋。
tián tóu lǜ bì xī chūn lù， wū hòu hóng tòu bǎi huā qú。
田头绿碧惜春路，屋后红透百花渠。

蛇鞭菊，别名：麒麟菊、马尾花。菊科，蛇鞭菊属，多年生草本。产于东欧及北美，世界各地广泛种植，中国多地也有分布。在原产地为野生野长的野花草，生命力极其旺盛，耐干旱，喜温暖、忌湿涝、喜疏松，生长速度极快。蛇鞭菊盛开时紫雾升腾，一束束紫色花朵绚丽夺目，给人神秘而舒适的感觉。物语：长路浪漫，任重道远。

肾茶

shèn chá

bǎi niǎo cháo fèng hóng shù lín, shēn zhèn hé pàn fēng kāi chūn.
百鸟朝凤红树林，深圳河畔风开春。

māo xū cǎo huā dāng péi chèn, sān fēn tuī cí qī fēn kěn.
猫须草花当陪衬，三分推辞七分肯。

肾茶，别名：猫须草、化石草、腰只草。唇形科，鸡脚参属，多年生草本，高可达1.5米。分布于中国广西南部、海南、云南南部、福建等地区，生于林下潮湿处，有时也见于无荫平地上。花果期5—11月。盛开时成花塔状，花蕊横倒根根直立，须尖细长飞扬形似猫须，故而得名猫须草。又因其可以治疗肾病而被称为肾茶。物语：日月张罗，往来如梭。

肾形草

石缝宽放两三分，矾根立见精气神。
用叶妆点花风韵，一年四季都是春。

肾形草，别名：小花肾形草、矾根。虎耳草科，矾根属，多年生草本。原产于美洲中部，为中国少数地区栽培观赏植物。肾形草叶子之美几乎超越所有观叶植物，若想要观赏几十种不同颜色和形态，又不想太费精力，则非肾形草莫属。野生肾形草耐旱、耐寒、耐贫瘠，原生于岩石缝或乱石荒漠之中，生命力极其旺盛。物语：收藏阳光，身心明亮。

shī
蓍

sòng xíng shí guāng céng shào nián　zhì jīn bēi zhōng jiǔ wèi gān
送行时光曾少年，至今杯中酒未干。
qiān yè shī huā yī dà piàn　huā rú rén miàn bù luò dān
千叶蓍花一大片，花如人面不落单。

蓍，别名：千叶蓍、锯草、洋蓍、斩龙草、多叶蓍、西洋蓍草。菊科，蓍属，多年生草本，高可达1米。中国各地庭院常有栽培，广布于欧洲、非洲北部等地区，生于湿草地、荒地及铁路沿线。花果期7—9月。花朵有紫色及粉红色，色彩艳丽芳香浓郁。全草入药，具有发汗驱风等功效。蓍的叶、花含芳香油。物语：晚抹红霞，绿染罗袜。

十万错

shí wàn cuò

fēng lái chuī de yuè qīng xié　fán xīng huà zuò mǎn tiān xuě
风来吹得月倾斜，繁星化作满天雪。
xià yè qiān mò shí wàn cuò　liú yún yǔ huā xiāng jiǎo jié
夏夜阡陌十万错，流云与花相皎洁。

十万错，别名：跌打草、偷盗草。爵床科，十万错属，多年生草本，高达1米。产于中国广东、广西等地区，分布于印度东北、缅甸、泰国、中南半岛等地区。十万错植株强健叶片油绿，花形单薄而奇特，显得别致优雅，很漂亮。十万错全株可药用，主治跌打骨折、瘀阻肿痛，用于血热所致的各种出血症，常用于创伤出血。物语：知者是药，不识叫草。

石龙芮

shí lóng ruì

lián tiān xiāng sī luàn fēn fēn, xìng dé fēng lái xiàn yīn qín
连天相思乱纷纷，幸得风来献殷勤。

shí lóng ruì huā wù chūn xìn, chà diǎn nán dǎo cǎi yào rén
石龙芮花误春信，差点难倒采药人。

石龙芮，别名：水堇、姜苔、清香草、黄花菜、打锣锤。毛茛科，毛茛属，一年生草本。分布于世界各地，生于河沟边及平原湿地。花果期5—8月。石龙芮生性强健，茎秆直立高可达0.5米，多分枝，叶子翠绿色，盛开着金黄色美丽小花。整株有毒。全草入药，可治疗蛇毒、风寒湿痹，能消结核。物语：可以平凡，不能遗憾。

石楠

shí nán

lǜ yè shí nán lián tiān hóng fēng yún shōu jìn xū huái zhōng
绿叶石楠连天红，风云收进虚怀中。
cǎo mù pí shi zuì mào shèng ān zhī ruò sù dì bāo róng
草木皮实最茂盛，安之若素地包容。

石楠，别名：红树叶、山官木、笔树、千年红。蔷薇科，石楠属，常绿灌木或小乔木，高可达6米。产于中国多个地区，少量分布于日本和印度尼西亚。石楠强健皮实，生命力极度旺盛。叶片翠绿色，嫩叶紫红色。盛花时，满树洁白如云花团锦簇，落花后结小红果。石楠的叶和根供药用，具有镇静解热等功效。物语：花叶争辉，各有各美。

shǒu shēn
手参

fēng liàn bái yún qíng àn shēng, liù yuè shǒu shēn chū shuì xǐng.
风恋白云情暗生，六月手参初睡醒。
yè yè yuè yuán huā yǔ gòng, rì rì hǎo mèng tiān xià tóng.
夜夜月圆花与共，日日好梦天下同。

手参，别名：掌参、手掌参。兰科，手参属。产于中国东北三省、甘肃等地区，分布于朝鲜、日本、俄罗斯和欧洲国家。手参生长于高海拔的草地或砾石滩杂草中，极耐寒。叶片细长翠绿色，漂亮的细小花朵簇生成宝塔花穗，粉红中泛着洁白，大气漂亮。为夏季优质蜜源植物。手参的根茎为滋补药材。物语：大地精华，养生天下。

shòu cǎo
绶草

míng mèi shòu cǎo yìng tiān zhǎng lǎn jìn xīng hé kāi fàng xiāng
明媚绶草应天长，揽尽星河开放香。

xì xiǎo mèi lì cái yùn niàng biàn jiàn fēng liú wèi chūn máng
细小魅力才酝酿，便见风流为春忙。

绶草，别名：盘龙参、盘龙草、龙缠柱、二郎箭、红旋草、主辽参。兰科，绶草属，高0.13～0.3米。产于中国各省区，广泛分布于亚洲多个地区，澳大利亚也有分布。花期7—8月。绶草野生于排水良好的半阴环境中，很难得见其天然芳容。绶草盛开极小的粉红色与白色小花，抱茎螺旋成盘龙戏凤的形状。全草入药。物语：美至心底，不忍采食。

薯蓣

shǔ yù

宜雨宜晴宜美容，自古山药好名声。

yí yǔ yí qíng yí měi róng， zì gǔ shān yao hǎo míng shēng。

多食生命更旺盛，做个潇洒不老松。

duō shí shēng mìng gèng wàng shèng， zuò gè xiāo sǎ bù lǎo sōng。

薯蓣，别名：山药、淮山。薯蓣科，薯蓣属，缠绕草质藤本。分布于中国东北、河北等地区。中国栽培薯蓣历史悠久，亦食物、亦蔬菜。尤以河南焦作地区的铁棍山药为当今之最。薯蓣枝繁叶茂爬成小山峰，其枝叶间挂满零余子，又名山药豆，圆溜溜的煮熟可当零食。地下块茎为常用中药，具有强壮筋骨等功效。物语：怀古之才，热风凉解。

shuǐ cōng
水葱

shuǐ cōng lián tiān yǔ miǎo miǎo　qīng shān jiē yún fēng xiāo xiāo
水葱连天雨渺渺，青山接云风潇潇。
shí lǐ chūn tián duō jīng miào　tuō qǐ zhuàng guān chōng tiān cǎo
十里春田多精妙，托起壮观冲天草。

水葱，别名：夫蓠、蒲苹、冲天草、水丈葱、翠管草、管子草。莎草科，水葱草属，高1～2米。产于中国黑龙江、山东、山西等地区，分布于朝鲜半岛、日本等亚洲地区及欧洲地区。水葱根系发达，深植于水底的泥土之中，植株圆柱状内里中空坚韧，茎秆和细长叶片均为葱绿色，在风雨中不易倒伏。水葱的秆可作蒲包材料。物语：风流天下，终归回家。

shuǐ liǎo
水蓼

pái míng bǎng shàng bù tài gāo, yào shí tóng yuán shuō shuǐ liǎo.
排名榜上不太高，药食同源说水蓼。
líng yún zhī zhì zhōng yǒu bào, huí tiān zhuǎn rì kōng qián hǎo.
凌云之志终有报，回天转日空前好。

水蓼，别名：水马蓼、水公子。蓼科，蓼属，一年生草本。分布于中国南北各省区，朝鲜等地区也有分布。花期5—9月，果期6—10月。水蓼生长于河滩水甸和山谷湿地之中，茎秆直立挺拔，顶端盛开粉紫色或粉红色花穗。水蓼嫩茎叶可以食用，种子可以当作调味料烹制菜肴。全草为有名的传统中药材，具有消肿解毒等功效。物语：依心而行，无愧今生。

水石榕

shuǐ shí róng

zhí wù shēng cún wǎn rú gē, shuǐ shí róng guà làng huā xuě.
植物生存宛如歌，水石榕挂浪花雪。
dēng lín fāng zhī nán fēi yuè, dàn jiàn duì àn qiān guà duō.
登临方知难飞越，但见对岸牵挂多。

水石榕，别名：水杨柳、水柳。杜英科，杜英属，小乔木。产于中国海南、广西等地区，分布于越南和泰国。花期6—7月。水石榕树冠宽广绿叶婆娑，枝条张扬细长柔软。开花时，洁白色花朵具长梗，成大簇悬挂于枝头，在风中摇曳生姿，芳香四溢，为城市园林优质树种，多用于行道树和街道小区美化环境。物语：碧云乱卷，白浪滔天。

水苏

水苏晨起扎堆欢，疑是太阳晃花眼。
开花结果分阶段，完成任务养天年。

水苏，别名：香苏、鸡苏、白根草。唇形科，水苏属，多年生草本，高0.2～0.8米。产于中国，日本、俄罗斯也有。最喜欢生长于海拔低的水甸子或湿地类环境。花期5—7月。水苏叶子碧绿色，抱茎开粉紫色小花，生机勃勃。水苏全草或根为有名的传统中药材，曾被医书所收录，可治百日咳、扁桃体炎、咽喉炎等症。物语：丰富人生，无限风景。

sī guā
丝瓜

cāng làng yán jìn yì wú qióng　yuè rán zhǐ shàng wèn chūn fēng
沧浪言尽意无穷，跃然纸上问春风。

hé gù tiān luó wú shǐ mìng　piān dào fán jiān bàn rén xíng
何故天罗无使命，偏到凡间伴人行。

丝瓜。葫芦科，丝瓜属，一年生攀缘藤本。中国南北各地普遍栽培，广泛栽培于世界温带、热带地区。中国云南省有野生的丝瓜，但果实较小。丝瓜及嫩叶味道鲜甜清香，可以食用。络用丝瓜以浙江宁波慈溪所产的最为著名，为中国地理标志保护产品。丝瓜络为传统中药材，具有清凉、解毒等功效。物语：个性创新，秋可胜春。

sī máo fēi lián
丝毛飞廉

sī máo fēi lián huā wēn róu　xiāng sāi lín chūn rú zuì jiǔ
丝毛飞廉花温柔，香腮临春如醉酒。
hài xiū bù kěn rén qián xiù　qiū lái yào háng qù jìn xiū
害羞不肯人前秀，秋来药行去进修。

丝毛飞廉，别名：大力王、雷公菜、白野红花、针刺菜、老牛错。菊科，飞廉属，二年生或多年生草本，高可达1.5米。丝毛飞廉野生野长于山坡荒原河旁及林下，有时候会生长于花岗岩石缝。花果期4—10月。植株强健，叶子碧绿繁茂布满锐刺。丝毛飞廉的淡紫色绒球花，含羞带怯，羞羞答答，是非常好的天然蜜源花卉。物语：花意未尽，春之神韵。

sōng hāo
松蒿

tiān biān fēi lái tài yáng yǔ, qīng liáng zú xià xiǎo huǒ lú
天边飞来太阳雨，清凉足下小火炉。

sōng hāo gù jí huā qíng xù, yāo lái yún cai bì sān fú
松蒿顾及花情绪，邀来云彩避三伏。

松蒿，别名：糯蒿、细绒蒿、山芝麻蒿。玄参科，松蒿属，一年生草本，高可达1米。分布于中国除新疆、青海以外各省区，朝鲜、日本及俄罗斯远东地区也有。花果期6--10月。松蒿生于海拔1500～1900米的山坡灌丛阴处。野生松蒿枝条张扬，叶子稀疏，粉紫色的小花犹如龙头，优雅低调奢华。松蒿全草入药，有清热解毒等功效。物语：绿野芳郊，可爱小草。

溲疏

sōu shū

míng yuè hé xū huí tiān rǎng　yín hé sòng lái shuǐ jiǔ xiāng
明月何须回天壤，银河送来水酒香。
sōu shū měi méi chū zhàn fàng　gòng zhěn chūn fēng rù mèng xiāng
溲疏美眉初绽放，共枕春风入梦乡。

溲疏，别名：观音竹、空心树、紫阳花、空疏、百面花。绣球科，溲疏属，二年生落叶灌木。原产于中国长江流域各省区。溲疏主要栽培于园林庭院，用来美化环境和净化空气。溲疏叶片翠绿，早春到夏季都开花。满枝头的花团锦簇，十分美丽，清新脱俗、仙气满满。溲疏小型盆栽为年轻花友的最爱。物语：回归天然，大美至简。

sū mù
苏木

zuó rì fēng guāng dào yǎn qián, hòu niǎo guī lái xī yáng wǎn.
昨日风光到眼前，候鸟归来夕阳晚。

àn xià yún tóu dìng jīng kàn, sū mù zhǎng yǒu chūn xiào liǎn.
按下云头定睛看，苏木长有春笑脸。

苏木，别名：苏方、苏枋。豆科，云实属，小乔木，高达6米。原产于印度及东南亚国家，分布于中国南部地区。苏木生长周期长，里面的木质为赭褐色。自唐代苏木已经开始在民间入药或者当作天然染料，用苏木煮水可以染红鸡蛋当作喜蛋。苏木为医书中记载的传统中药材，干燥心材入药，具有活血止痛等功效。物语：平平淡淡，素中有艳。

sū tiě
苏铁

tī shān háng hǎi shuí bù zhī, fēi tiān xì yǔ cóng yún jí
梯山航海谁不知，飞天细雨从云集。

sū tiě ruò yù kāi huā jì, dāng shì qiān nián fēng liú shí
苏铁若遇开花季，当是千年风流时。

苏铁，别名：铁树、凤尾蕉、辟火蕉、番蕉、美叶苏铁、千岁子。苏铁科，苏铁属，高达8米。原产于中国南部地区，分布于周边国家。苏铁寿命长，是世界上最古老的物种之一，生长速度缓慢，故而被称为铁树。其主干独特，坚硬如铁。形状古朴典雅，羽叶硕大浓绿美观，适用于园林庭院和校园街道绿化。物语：无暮天下，铁树开花。

suān dòu
酸豆

liáng yù shēng yān měi jǐng tiān　suān jiǎo shù guà yuè yá chuán
良玉生烟美景天，酸角树挂月牙船。
guà le yī chuàn yòu yī chuàn　zhuō bù dào yú bù huí huán
挂了一串又一串，捉不到鱼不回还。

酸豆，别名：酸梅、酸角、罗晃子、九层皮果、木罕、酸饺、答满林度。豆科，酸豆属，常绿乔木，高10～25米。原产于非洲，世界热带地区均有栽培，中国台湾、福建、广东、广西及云南常有栽培或野生。酸豆经加工后味道更酸甜可口。种仁榨取的油可供食用，果实入药，具有清热解暑等功效。物语：处处相逢，时时不同。

suān zǎo
酸枣

kū mù féng chūn xiù yú lín, huā yù shèng xià ài qīng xīn.
枯木逢春秀于林，花遇盛夏爱清新。

suān zǎo zì yǒu suān zǎo yùn, shān zhōng cù yì yě xiāo hún.
酸枣自有酸枣韵，山中醋意也销魂。

酸枣，别名：野枣子、山枣、角针、小山枣、刺枣、沙枣、五眼果。鼠李科，枣属，灌木。产于中国辽宁、山西、江苏等地区，分布广泛。酸枣多为野生野长，生性强健耐贫瘠，多长于山谷丛林地边。枝条多刺丛生如同荆棘，叶子翠绿有光泽，小酸枣紫红色。酸枣的种仁为医书中记载的中药材，具有安心宁神、滋补强壮等功效。物语：神秘色彩，缓缓盛开。

suàn
蒜

dà suàn shēng lái jiù shì bǎo jiān chǎo zhǔ zhá lí bù liǎo
大蒜生来就是宝，煎炒煮炸离不了。
dài pí kǎo shú zhì gǎn mào lìng yǒu kàng bìng qiān bān hǎo
带皮烤熟治感冒，另有抗病千般好。

蒜，别名：葫、葫蒜、大蒜、蒜头、独头蒜、烘姆定姆、生大蒜。百合科，葱属，草本。原产于亚洲西部或欧洲地区，秦汉时引入中国之后栽培种植，栽培历史悠久。蒜为调味品，其嫩茎叶和蒜苔为时令蔬菜。山东兰陵县（原苍山县）的紫皮大蒜最为有名。蒜的幼苗、花葶和鳞茎均供蔬食，鳞茎具有抗菌抗炎等作用。物语：白玉月牙，作用奇大。

tán huā
昙花

hán lù qióng yáo wèi céng kuā　xiāng sī míng yuè yòu fēi xiá
含露琼瑶未曾夸，相思明月又飞霞。

měi lún měi huàn měi rú huà　měi pò hóng chén jiào xiāo sǎ
美轮美奂美如画，美破红尘叫潇洒。

昙花，别名：琼花、昙华、金钩莲。仙人掌科，昙花属。附生肉质灌木，高2～6米。原产于墨西哥、危地马拉、洪都拉斯、尼加拉瓜、苏里南和哥斯达黎加。昙花老茎圆柱状木质化，叶子肥厚阔大，附生于外来支撑物上。昙花只在夜间开放，持续1～4个小时就收拢起来，故有“月下美人”之称。可入药，浆果可食。物语：享受思念，等待明年。

tán xiāng
檀香

nóng mò zhòng cǎi xī fēng ruǎn jiǎo jié míng yuè zhào xīn huān
浓墨重彩西风软，皎洁明月照新欢。
tán xiāng lěng luò bǎi huā yuàn dú jiāng měi hǎo gěi rén jiān
檀香冷落百花苑，独将美好给人间。

檀香，别名：白檀、真檀、檀香树、黄英香、白银香。檀香科，檀香属，常绿小乔木，高10余米。原产于太平洋岛屿，印度种植最多，被称为黄金树，中国南部多个地区引种栽培，历史悠久。花期5—6月，果期7—9月。檀香里外是宝，芳香宜人，百毒不侵，经常被制作成防蛀香囊放入衣柜。檀香为中药材。物语：不可忽视，浩然正气。

táng jiāo shù
糖胶树

táng jiāo shù gāo èr shí mǐ　zhē tiān bì rì rén jiē zhī
糖胶树高二十米，遮天蔽日人皆知。
fán huā sì jǐn ruò rù shì　xū dài yǎng tiān cháng xiào shí
繁花似锦若入市，须待仰天长啸时。

糖胶树，别名：象皮树、面条树。夹竹桃科，鸡骨常山属，乔木，高达20米。分布于尼泊尔等地区，中国广东、湖南等地区有栽培，广西南部等地区有野生的糖胶树。糖胶树枝叶轮生，层层叠叠往上长，逐渐形成巨型伞状，树冠漂亮，豪气干云。糖胶树树形美观，常作行道树或种于公园供观赏。糖胶树的根、树皮、叶均可入药。物语：张扬心情，云海风轻。

物语集

植物类

H

黄芩　　物语：无私奉献，暖意弥漫。

茴香　　物语：出门见山，心静则闲。

火棘　　物语：个小功高，健康保镖。

J

荠　　物语：清浅时光，初春模样。

蓟　　物语：科技进步，野草开悟。

姜　　物语：高汤美食，护卫加持。

豇豆　　物语：热爱蔬菜，与己无害。

角蒿　　物语：田野疏影，与月同明。

金柑　　物语：圆中有强，强中要香。

金鱼吊兰　　物语：肚子空空，吸海纳虹。

金嘴蝎尾蕉　　物语：神造之物，朱雀如许。

锦绣苋　　物语：叶上彩蛋，欲碎还圆。

九里香　　物语：雪花盛开，香飘天外。

榉树　　物语：敢于畅想，性格豪放。

K

咖啡黄葵　　物语：夏花夏果，功劳多多。

苦瓜　　物语：锦瑟年华，源自盛夏。

L

腊肠树　　物语：人心不古，仁者致富。

辣椒　　物语：读物万卷，无辣不欢。

狼杷草　　物语：心心念念，平平安安。

藜芦　　物语：天使意念，丈量时间。

荔枝草　　物语：草中黄金，尽得人心。

栗　　物语：自我沉淀，勇往直前。

楝　　物语：生于世间，志存高远。

凉粉草　　物语：月上轻舟，细风挽留。

裂叶荆芥　　物语：天之大道，以学为要。

流苏树　　物语：春留冬住，香雪满树。

柳叶香彩雀　　物语：记忆河里，心如赤子。

漏芦　　物语：春的踪迹，无声流逝。

陆地棉　　物语：温暖治愈，共襄盛举。

鹿蹄草　　物语：药中碧绿，竞相追逐。

罗布麻　　物语：镜花水月，自娱自乐。

罗勒　　物语：花的秘密，香之心事。

萝卜　　物语：全心付出，从未索取。

络石　　物语：似水流年，冷暖相伴。

落花生　　物语：星月交融，天地作用。

落新妇　　物语：沉淀情感，留住花颜。

驴蹄草　　物语：五至九月，开花结果。

绿豆　　物语：闪烁个性，生命充盈。

M

马鞭草　　物语：观赏之花，中药世家。

马瓟瓜　　物语：言而有信，坦荡塑身。

马利筋　　物语：芸芸众生，日日春风。

马铃薯　　物语：不疾不徐，简单如初。

麦仙翁　　物语：独学孤陋，寡闻无友。

蔓荆　　物语：紫花如梦，古井有情。

杧果　　物语：堆金之情，如痴如梦。

美丽胡枝子　　物语：别情无极，相思如是。

迷迭香　　物语：风云初见，留恋万千。

密花豆　　物语：适当独处，远离世俗。

木油桐　　物语：地大物博，春秋迎接。

N

南瓜　　物语：金瓜一芽，誉满天下。

牛角瓜　　物语：美好不多，请勿挥霍。

牛膝　　物语：甘为桑田，不曾改变。

O

欧石南　　物语：苦与不苦，自己做主。

P

胖大海　　物语：荣于春风，坐待秋成。

佩兰　　物语：芳香魔法，延伸无涯。

瓶子草　　物语：芳心勿动，动则要命。

Q

牵牛　　物语：追随热情，逆袭成功。

芡　　物语：轻身佳物，有理有据。

茜草　　物语：真理天地，追求开始。

荞麦　　物语：奉献无悔，舍我其谁。

雀麦　　物语：珍惜良田，体恤寒川。

秦艽　　物语：流云无影，沉寂初晴。

青黛　　物语：倒影含水，靛蓝之美。

青甘杨　　物语：昂然挺立，做回自己。

瞿麦　　物语：相互取暖，春尽秋欢。

R

肉苁蓉　　物语：迎风吐艳，珍惜流年。

S

三花莸　　物语：拨动心弦，绽放灿烂。

三七　　物语：药中之宝，合适就好。

三叶木通　　物语：花叶奇特，格外出色。

散尾葵　　物语：绿意绵绵，春光无限。

桑　　物语：天之恩物，大地所出。

沙参　　物语：月光清凉，呼唤遐想。

砂仁　　物语：药食同源，花中典范。

山麻杆　　物语：月照影清，高雅象征。

山木兰　　物语：春景秋驻，天地彻悟。

珊瑚樱　　物语：云来雾去，时光富庶。

商陆　　物语：草木精华，自我强大。

蛇鞭菊　　物语：长路浪漫，任重道远。

肾茶　　物语：日月张罗，往来如梭。

肾形草　　物语：收藏阳光，身心明亮。

蓍　　物语：晚抹红霞，绿染罗袜。

十万错　　物语：知者是药，不识叫草。

石龙芮　　物语：可以平凡，不能遗憾。

石楠　　物语：花叶争辉，各有各美。

手参　　物语：大地精华，养生天下。

绶草　　物语：美至心底，不忍采食。

薯蓣　　物语：怀古之才，热风凉解。

水葱　　物语：风流天下，终归回家。

水蓼　　物语：依心而行，无愧今生。

水石榕　　物语：碧云乱卷，白浪滔天。

水苏　　物语：丰富人生，无限风景。

丝瓜　　物语：个性创新，秋可胜春。

丝毛飞廉　　物语：花意未尽，春之神韵。

松蒿　　物语：绿野芳郊，可爱小草。

溲疏　　物语：回归天然，大美至简。

苏木　　物语：平平淡淡，素中有艳。

苏铁　　物语：无幕天下，铁树开花。

酸豆　　物语：处处相逢，时时不同。

酸枣　　物语：神秘色彩，缓缓盛开。

蒜　　物语：白玉月牙，作用奇大。

T

昙花　　物语：享受思念，等待明年。

檀香　　物语：不可忽视，浩然正气。

糖胶树　　物语：张扬心情，云海风轻。